(N° 513)

COLLECTION DE M. B...

Vente du Vendredi 5 Décembre 1913

HÔTEL DROUOT — SALLE N° 6

N° 61 du Catalogue

ESTAMPES

DES

XVI, XVII et XVIII SIÈCLES

Mes F. LAIR-DUBREUIL et ANDRÉ DESVOUGES   M. LOYS DELTEIL

FRAZIER-SOYE, IMPRIMEUR

155, 157, RUE MONTMARTRE

□ □ □ □ □ □ □ □ PARIS

CATALOGUE

DES

ESTAMPES

DES

XVIᵉ, XVIIᵉ et XVIIIᵉ SIECLES

Imprimées en noir et en couleurs

et

*formant la Collection de M. B****

Dont la vente aura lieu

à Paris, HOTEL DROUOT, Salle Nᵒ 6

Le Vendredi 5 Décembre 1913

à 2 heures précises

Par le Ministère de

Mᵉ F. LAIR-DUBREUIL	Mᵉ André DESVOUGES
COMMISSAIRE-PRISEUR	COMMISSAIRE-PRISEUR
6, *Rue Favart*, 6	26, *rue de la Grange-Batelière*

Assistés de M. LOŸS DELTEIL, Graveur et Expert

2, Rue des Beaux-Arts

CONDITIONS DE LA VENTE

Elle sera faite au comptant.

Les adjudicataires paieront *dix pour cent* en sus des enchères.

M. Loys Delteil remplira les commissions que voudront bien lui confier les amateurs ne pouvant y assister.

MM. les amateurs pourront visiter la collection, *2, rue des Beaux-Arts*, du Mercredi 26 Novembre au Mercredi 3 Décembre 1913 *(le Dimanche 30 Novembre excepté)* de 2 heures à 5 heures.

Exposition Publique, Hôtel Drouot, Salle N° 6
Le Jeudi 4 Décembre 1913, de 2 heures à 6 heures.

N° 101 du Catalogue

DÉSIGNATION

ANONYME

1. Marie Anne Charlotte Corday. *Dessinée d'après Nature*.
   De forme ronde. Superbe épreuve, *imprimée en
   couleurs*.

ANSELIN (J. L.)

2. La Belle Jardinière (Mme de Pompadour), d'après C. Vanloo.
   Superbe épreuve *avant la lettre*, toutes marges.
   Collection Arozarena.

BALÉCHOU (J. J.)

3. Aved (Anne Charlotte de Loizerolle, Mme), d'après Aved.
   Très belle épreuve.

4. Loiserolle (Mlle), sœur de Mme Aved, d'après Aved. Très
   belle épreuve.

BOUCHER (d'après F.)

5. Le Départ du Courrier — L'Arrivée du Courrier. Deux
   pièces par Beauvarlet, se faisant pendants. Superbes
   épreuves, *avant toute lettre, signées manuscritement*.
   (la seconde pl. a les marges légèrement salies).

CARMONTELLE (d'apr. L. Carogis de)

6. Leopold Mozart et ses Enfants, par Delafosse. Très belle épreuve.

CHOFFARD (P. P.)

7. En-tête pour la *Notice historique sur l'Art de la Gravure* (P. et B. 589), 1er état — Le Cabinet de Basan (626). Deux pièces. Belles épreuves.

DEBUCOURT (P. L.)

8. Les Visites — L'Orange, ou le moderne jugement de Pâris (M. Fenaille 65-66). Deux pièces se faisant pendants. Très belles épreuves.

9. L'Innocente du Jour (218). Très belle épreuve, toutes marges.

DELACROIX (Eugène)

10. Un Seigneur du temps de François Ier (Loys Delteil 16). Superbe épreuve du 1er état. De toute rareté.

11. La même estampe. Deux très belles épreuves du 2e état (sur 3), *avant la lettre*, une sur chine fixé.

DEMARTEAU (Gilles)

12. Bergère, d'après F. Boucher (n° 48). Superbe épreuve, *tirée en sanguine*.

DREVET (Pierre)

13. Brandebourg (Christine Caroline de Wurtemberg, Margrave de) (28). Superbe épreuve.

14. Dombes (L. A. de Bourbon, P^{ce} de), d'apr. F. de Troy (61). Belle et très rare épreuve du 1er état.

15. Toulouse (L.-A. de Bourbon, Cte de), d'apr. H. Rigaud (65). Superbe épreuve du 1er état.

16. Motteville (Hélène Lambert, Mme de), d'après N. de Largillierre (95). Très belle épreuve du 2 état (sur 3).

17. Maria Serre, d'apr. H. Rigaud (110). Très belle épreuve.

18. Nemours (Marie d'Orléans, D^{sse} de), d'apr. H. Rigaud (115). Très belle épreuve.

DREVET (P. J.)

19. Lecouvreur (Adrienne), d'apr. Ch. Coypel (24). Très belle épreuve du 1ᵉʳ état, *avant toute lettre* (la lettre transcrite à la main). Très rare. Collection Didot.

Nᵒ 19 du Catalogue.

20. La même estampe. Très belle épreuve, *avec* la faute.

DURER (Albert)

21. Adam et Ève (Bartsch 1). Superbe épreuve du 1ᵉʳ état, sur papier à la *tête de bœuf*, avec marge de 9 millimètres (légère cassure).

22. La Nativité (2). Très belle épreuve, sur papier à la *tête de bœuf*. Collection Didot.

23. La Passion de Jésus-Christ. Suite de seize estampes (3-18). Superbes épreuves.

24. La Vierge à la Poire (41). Superbe épreuve.

25. La Vierge au Singe (42). Superbe épreuve, sur papier à la *tête de bœuf*. Collection Bohm.

26. L'Effet de la Jalousie (73). Très belle épreuve, à grandes marges.

27. La grande Fortune (77). Superbe épreuve, sur papier à la *Grande Couronne* (légères restaurations).

28. L'Hôtesse et le Cuisinier (84). Superbe épreuve. Collections Paar, Dreux et Didot.

29. Les trois Paysans (86). Superbe épreuve.

30. Le Seigneur et la Dame (94). Superbe épreuve. Collection Lord Northwick.

31. Le petit Cheval (96). Superbe épreuve.

32. Le grand Cheval (97). Superbe épreuve.

33. Le Cheval de la Mort (98). Magnifique épreuve (deux très légères restaurations à deux des angles de la pièce).

DYCK (d'après Ant. van)

34. Les Comtesses de van Dyck. Suite complète de dix pièces, par Pierre Lombart, la plupart très belles.

EDELINCK (Gérard)

35. Dilgerus (Nathanaël) (R. D. 185). Très belle épreuve.

FORTY (d'après J. F.)

36. *Cahier de six Flambeaux à l'usage des Orfèvres et des Fondeurs. — par N. Foin* (Cahier B). Suite complète de six pièces. Très belles épreuves, toutes marges.

FRAGONARD (d'après H.)

37. Le Mari confesseur. Très belle épreuve, à l'*état d'eau-forte*.

N° 11 du Catalogue.

N° 99 du Catalogue.

N° 102 du Catalogue.

N° 101 du Catalogue.

Maison de Campagne

Nᵒ 33 du Catalogue.

38. La Coupe enchantée. Très belle épreuve, *à l'état d'eau-
   forte*. On y a joint une épreuve *avant la lettre*, de la pl.
   terminée, soit deux pièces.

N° 27 du Catalogue.

39. L'Education fait tout, par N. De Launay. Superbe épreuve,
   avant la dédicace.

GAUCHER (Ch. Et.)

40. Mme la C^{sse} Dubarry, d'apr. F. Drouais. Très belle épreuve,
   avant la lettre.

GÉRARD et S. FOURNIER (d'après M^r)

40 *bis*. Le Bouquet Inattendu — La Lettre Désirée. Deux
pièces par H. Gérard et A. Chaponnier, se faisant pendants. Très belles épreuves

GOLTZIUS (H.)

41. Jésus-Christ, les douze Apôtres et St Paul (B. 43-56). Suite
complète de quatorze pièces. Très belles épreuves.

42. Un Officier de guerre (216). Très belle épreuve.

GRATELOUP (J. B. de)

43. Bossuet (J. B.), en pied (Faucheux 1). Superbe épreuve
avant la date, sur chine doublé.

44. La même estampe, en même état et condition.

45. Bossuet, en buste (2). Superbe épreuve du 1er état, sur
chine doublé.

46. Descartes (René) (3). Superbe épreuve du 2e état, *avant la
lettre*, sur chine doublé.

47. Dryden (John) (4). Superbe épreuve du 1er état, sur chine
doublé.

48. Fénelon (5). Deux très belles épreuves des 2e et 3e états
(une *avant la lettre*).

49. Lecouvreur (Adrienne) (6). Superbe épreuve du 1er état.

50. La même estampe, en même état et condition.

51. Montesquieu (7). Très belle épreuve sur chine fixé.

52. Polignac (Melchior de) (8). Très belle épreuve du 1er état.
Collections Robert Dumesnil et Didot.

53. Rousseau (J. B.) (9). Superbe épreuve sur chine doublé.

GREUZE (d'après J. B.)

54. La Privation sensible, par J. B. Simonet. Très belle
épreuve, toutes marges.

LANCRET (d'après N.)

55. Les Amours du Bocage, par N. de Larmessin (E. B. 8).
Belle épreuve.

56. La Servante justifiée, par N. de Larmessin (73). Superbe
épreuve du 1er état.

Nº 25 du Catalogue.

LAVREINCE (d'après Nicolas)

57. L'Assemblée au Concert — L'Assemblée au Salon (5-6).
Deux pièces par F. Dequevauviller, se faisant pendants.
Magnifiques et très rares épreuves du 1er état, à *l'eau-forte
pure*.

58. La Consolation de l'absence, par N. De Launay (14). Très
belle épreuve, *avant la dédicace* (légère restauration).

59. Le Déjeuner Anglais, par G. Vidal (17). Magnifique épreuve, *imprimée en couleurs* (piqûres en marge).

60. L'Indiscrétion, par Janinet (30). Magnifique épreuve *avant toute lettre, avant l'un des pieds de la femme assise, imprimée en couleurs*, toutes marges. Fort rare dans cette condition.

61. Pauvre Minet que ne suis-je à ta place, par Janinet (47). Superbe épreuve, *imprimée en couleurs*, à toutes marges, d'un *état non décrit*.

62. *Qu'en dit l'Abbé?*, par N. de Launay (51). Magnifique épreuve, *avant la dédicace*.

63. Le Restaurant, par Deny (53). Superbe épreuve, toutes marges.

64. Les Soins mérités, par R. De Launay (60). Superbe épreuve.

65. La Soubrette confidente, par G. Vidal (61). Superbe épreuve, toutes marges.

LEU (Thomas de)

66. La Frambeisière (Nic. Abr.) (429). Très belle épreuve du 1ᵉʳ état. Collection Didot.

67. Beaugrand (R. D. 314) — Bourbon (Charles II, Cardinal de) (321) — Gondi (P. de) (375). Trois pièces. Très belles épreuves.

LEVACHEZ FILS

68. Louis Seize, d'après J. S. Duplessis. In-8. Superbe épreuve, *imprimée en couleurs*.

LIVENS (J.)

69. Bonus (Ephraïm) (B. 50). Superbe et très rare épreuve d'un 1ᵉʳ état, *non décrit, avant* toute adresse. Collec. Didot.

MARCENAY DE GHUY (A. de)

70. Jeanne d'Arc (L. Morand 4). Très belle épreuve, *avant toute lettre*.

N° 59 du Catalogue.

N° 37 du Catalogue.

N° 17 du Catalogue.

Nº 64 du Catalogue.

71. Turenne, d'après Ph. de Champaigne (33). Très belle épreuve, *avant toute lettre*.

72. Marie-Antoinette de Bavière (19 — 1ᵉ état) — Puységur (Mˡ de) (23) — Paoli (22) — Eugène (Pᶜᵉ) (26). Quatre pièces. Très belles épreuves.

Nᵒ 89 du Catalogue.

MASSON (Antoine)

73. Nicolaï (Nic. de) (R. D. 54). Superbe épreuve. Collection Behague.

MERCURI (P.)

74. Les Moissonneurs dans les Marais Pontins, d'apr. L. Robert. Très belle épreuve, *avant la lettre*, sur chine.

MOREAU LE JEUNE (d'après J. M.)

75. Déclaration de la Grossesse, par Martini (1348). Très belle épreuve, *avec* les lettres A. P. D. R.

76. Les Précautions, par Martini (1349). Très belle épreuve, *avec* les lettres A. P. D. R.

77. J'en accepte l'heureux Présage, par Trière (1350). Très belle épreuve, *avec* les letttres A. P. D. R.

78. N'ayez pas peur, ma bonne Amie, par Helman (1351). Très belle épreuve, *avec* les lettres A. P. D. R.

79. C'est un Fils, Monsieur !, par Baquoy (1352). Belle épreuve, *avec* les lettres A. P. D. R.

80. Les petits Parrains, par Baquoy et Patas (1353). Très belle épreuve, *avec* les lettres A. P. D. R.

81. Les Délices de la Maternité, par Helman (1354). Très belle épreuve, *avant la lettre*.

82. La même estampe. Très belle épreuve, *avec* les lettres A. P. D. R.

83. L'Accord parfait, par Helman (1355). Très belle épreuve, *avec* les lettres A. P. D. R.

84. Le Rendez-vous pour Marly, par C. Guttemberg (1356). Très belle épreuve *avec* les lettres A. P. D. R.

85. Les Adieux, par R. de Launay (1357). Superbe épreuve, *avec* les lettres A. P. D. R.

86. La Rencontre au Bois de Boulogne, par H. Guttenberg (1358). Très belle épreuve, *avec* les lettres A. P. D. R.

87. La Dame du Palais de la Reine, par Martini (1359). Très belle épreuve, *avec* les lettres A. P. D. R.

MORIN (Jean)

88. Bentivoglio (Cardinal), d'après Ant. van Dyck (R. D. 43). Très belle épreuve. Collection Behague.

Nº. du Catalogue.

N° 108 du Catalogue.

N.º 108 du Catalogue.

Nᵒ 100 du Catalogue

MORLAND (d'après George)

89. *The Coquette at her Toilet*, par W. Ward. Très belle
épreuve, *tirée en ton bistré* (sans marges).

N° 96 du Catalogue.

NANTEUIL (Robert)

90. Amelot (Jacques) (R. D. 10). Superbe épreuve du 1er état.
Collection Behague.

91. Bartillat (E. J. de) (32). Superbe épreuve du 1er état.

92. Gassendi (P.) (101). Très belle épreuve du 1er état. Très-
rare. Collections Camberlyn et Didot.

93. La Mothe Le Vayer (F. de) (143). Superbe et très rare
épreuve du 1er état. Collections Debois, Marshall et
Didot.

94. Loret (Jean) (150). Très belle épreuve, *avant* la virgule.
Rare.

95. Sarrazin (J. F.) (220). Superbe épreuve du 2ᵉ état (sur 4).
Collection Behague.

96. Séguier de Sᵗ Brisson (P.) (224). Très belle épreuve.

NATTIER (d'après J. M.)

97. La Justice, par G. Vidal. Très belle épreuve.

REMBRANDT VAN RIJN

98. La grande Descente de Croix (81). Superbe épreuve du
2ᵉ état, *avant toute adresse.*

99. L'Homme au lait (213). Superbe épreuve, *chargée de
barbes.* Collections Camesina, Böhm, Festetits, etc.

100. Le Paysage aux trois Chaumières (217). Magnifique
épreuve, *très-chargée de barbes.*

101. Le Paysage à la tour carrée (218). Très belle épreuve *avec
des barbes.*

102. Le Canal (221). Superbe épreuve. Fort rare.

103. La Chaumière et la grange à foin (225). Superbe épreuve.

104. Renier Ansloo (271). Superbe épreuve du 2ᵉ état, *avant* la
réduction de la planche. Collections Böhm, Festetits et
F. Didot.

105. Vieille Femme assise (343). Superbe épreuve des collections Gawet, Böhm et Didot.

106. Vieille qui dort (350). Superbe épreuve de la collection
Didot.

107. Feuille avec six têtes, avec le portrait de la femme de
Rembrandt (365). Très belle épreuve de la collection
Didot.

SAINT-AUBIN (Augustin de)

108. Louise-Émilie, Baronne de *** (E. B. 7) — Adrienne-
Sophie, Marquise de *** (173). Deux pièces se faisant
pendants. Magnifiques épreuves, *avant l'adresse,*
grandes marges.

N° 81 du Catalogue.

N° 84 du Catalogue.

N° 128 du Catalogue.

109. Au moins soyez discret — Comptez sur mes serments
(406-407). Deux pièces se faisant pendants. Magnifiques
épreuves, *avant toute lettre*, seulement avec le nom de
l'artiste à la pointe, toutes marges.

SCHUPPEN (P. van)

110. Arnauld (la Mère Angélique), d'apr. Ph. de Champaigne.
Superbe épreuve.

N° 109 du Catalogue.

SIMON (Pierre)

111. Montpensier (Anne-Marie-Louise, D. de) (D. 2282). Superbe épreuve.

TAUNAY (d'après N.-A.)

112. Noce de Village — Foire de Village. Deux planches, par
Descourtis, se faisant pendants. Très belles épreuves
des réductions.

VLIET (J.-G. van)

113. Isaac et Esaü, d'apr. Livens (B. 2) — St Jérôme, d'après Rembrandt (13). Deux pièces. Très belles épreuves. Collection Didot.

WATTEAU (Antoine)

114. FIGURES DE MODES (E. de G. 3-9). Suite complète d'un frontispice et de onze pièces (sept gravées par Watteau lui-même) tirés à quatre par feuillet. Très belles épreuves *avec* les 1res adresses (Duchange et Jeaurat), toutes marges.

115. Retour de Chasse (Mme de Vermanton), par B. Audran (18). Superbe épreuve du 1er état, toutes marges.

116. L'Amour désarmé, par B. Audran (33). Très belle épreuve, toutes marges.

117. La Sultane, par B. Audran (89). Très belle épreuve.

118. L'Occupation selon l'âge, par Dupuis (92). Très belle épreuve.

119. L'Accordée de Village, par N. de Larmessin (98). Superbe épreuve du 1er état, à toutes marges (pli).

120. La Cascade, par G. Scotin (115). Superbe épreuve, toutes marges.

121. Les Champs-Elysées, par N. Tardieu (116). Superbe épreuve.

122. La Colation, par J. Moyreau (118). Superbe épreuve, toutes marges.

123. Le Conteur, par C.-N. Cochin (120). Très belle épreuve, toutes marges.

124. La Danse paysane, par B. Audran (125). Très belle épreuve, toutes marges.

125. L'Embarquement pour Cythère, par Tardieu (128). Superbe épreuve du 1er état, à toutes marges (pli).

126. Le Lorgneur, par G. Scotin (146). Magnifique épreuve, toutes marges.

127. Le Passe-Temps, par B. Audran (151). Très belle épreuve.

128. Les Plaisirs du Bal, par G. Scotin (155). Très belle épreuve du 1ᵉʳ état, à toutes marges (pli).

129. Le Vendangeur — Bacchus — Le Frileux — L'Enjoleur (237-240). Suite de 4 pièces, par J. Moyreau et P. Aveline. Superbes épreuves, toutes marges.

130. L'Enchanteur (130) — L'Aventurière (109), par B. Audran. Deux pièces tirées sur la même feuille. Très belles épreuves, toutes marges.

WIERIX (Ant.)

131. Marguerite, Femme de Philippe III, roi d'Espagne. Pièce *non décrite*. Très belle épreuve. Collection Behague.

132. Henri IV, roi de France (A. 1921). Superbe épreuve du 1ᵉʳ état. Très rare. Collection Didot.

133. Isabelle-Claire-Eugénie, Infante d'Espagne (A. 1950). Très belle épreuve du 1ᵉʳ état. Collection Behague.

134. Médicis (Marie de) (1976). Très belle épreuve.

WILLE (Jean-George)

135. Saint-Florentin (L. Phelippeaux, comte de) (Le Bl. 124). Magnifique et rarissime épreuve d'un premier état *non décrit*, *avant toute lettre*, *avant* la bordure, et *avec un paysage* exécuté à l'eau-forte, dans la marge du bas. Collection Didot.

FRAZIER-SOYE

GRAVEUR-IMPRIMEUR

153-155-157, Rue Montmartre

PARIS

RED. :

22

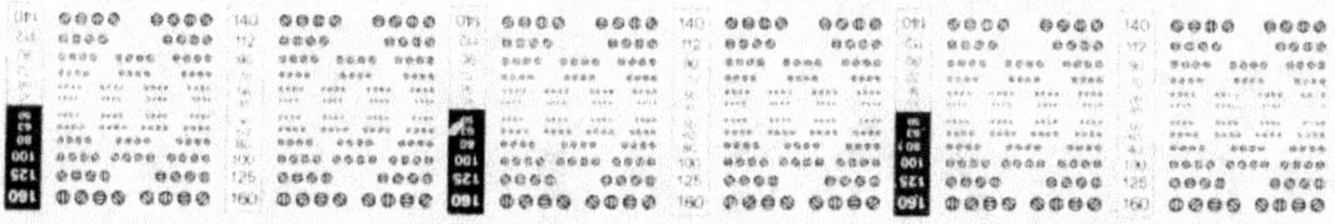

graphicom

0 1 2 3 4 5 6 7 8 9 10

MIRE ISO N° 1
NF Z 43-007
AFNOR
Cedex 7 - 92080 PARIS-LA-DEFENSE

BIBLIOTHEQUE
NATIONALE
DE FRANCE

****

CHATEAU
DE
SABLE
1996

www.ingramcontent.com/pod-product-compliance
Lightning Source LLC
LaVergne TN
LVHW021755060726
842528LV00003B/963